Geronimo Stilton

老鼠記者勇闖恐龍島1

追蹤暴龍霸主

IN BOCCA AL T-REX

作　　者：Geronimo Stilton　謝利連摩·史提頓
譯　　者：鄧婷
責任編輯：胡頌茵
中文版封面設計：郭中文
中文版美術設計：劉蔚
出　　版：新雅文化事業有限公司
香港英皇道499號北角工業大廈18樓
電話：（852）2138 7998
傳真：（852）2597 4003
網址：http://www.sunya.com.hk
電郵：marketing@sunya.com.hk
發　　行：香港聯合書刊物流有限公司
香港荃灣德士古道220-248號荃灣工業中心16樓
電話：（852）2150 2100　傳真：（852）2407 3062
電郵：info@suplogistics.com.hk
印　　刷：中華商務彩色印刷有限公司
香港新界大埔汀麗路36號
版　　次：二〇二四年五月初版

http://www.geronimostilton.com
Based on an original idea by Elisabetta Dami.

Art Director: Iacopo Bruno
Graphic Designer: Pietro Piscitelli / theWorldofDOT
Cover Illustration: Davide Cesarello , Christian Aliprandi (Cover adapted by Sun Ya Publications (HK) Ltd.)
Story Illustrations: Davide Cesarello , Christian Aliprandi
Artistic Coordination: Lara Martinelli, Giorgia Tosi
Graphic design and layout by Daria Colombo (from an idea by Michela Battaglin)

ISBN: 978-962-08-8394-1

18/F, North Point Industrial Building, 499 King's Road, Hong Kong
Published in Hong Kong SAR, China
Printed in China

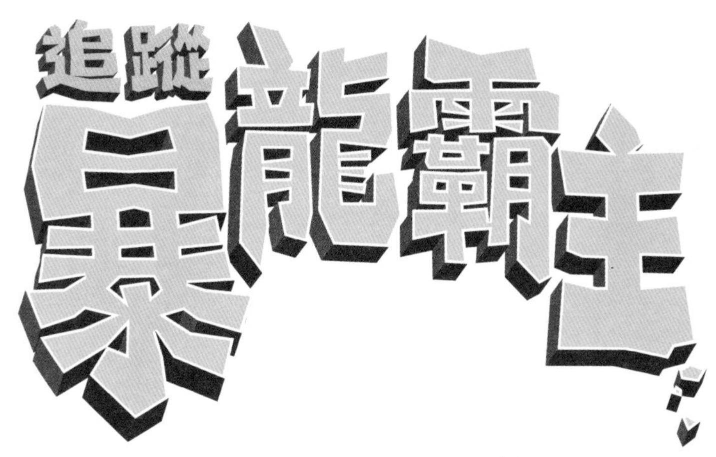

謝利連摩・史提頓
Geronimo Stilton

新雅文化事業有限公司
www.sunya.com.hk

目錄

D.I.N.O.自然起源調查局總部大帆船

謝利連摩、賴皮、班哲文和翠兒
D.I.N.O.的探險特工們。史提頓家族好友組成了一支超有默契的恐龍探險團隊！
雜物房
洗手間
客艙
健身室
連諾斯・叢林鼠
樂觀熱情的探險家，其弱點是方向感極差。

北
西
東
南
冰峯
巨樹林
驚恐懸崖
刺耳森林
湍流
毋浴海灣
化石洞穴
臭沼澤
深水珊瑚溝
鰭石圈

流星島

恐龍從未滅絕的神秘之地

嶙峋峯

枯葉灘

侏羅紀聲響湖

滅絕谷

靜謐曠野

安全灣

原始林

D.I.N.O.的大帆船

船灘

風灘

魚龍泳潭

野生蕨

在神秘的流星島上，
發現了各種各樣活生生的恐龍，
真是令鼠震懾啊！

於是，我的好友們在一艘充滿海盜色彩的大帆船上
成立了D.I.N.O.自然起源調查局，
組成了探險特工隊，以保護這些珍貴的史前巨獸。

各位親愛的鼠迷朋友，為了保護珍貴的恐龍，
接下來你將讀到我在流星島上的冒險故事，
大家要為我們保守這個秘密呢！

快來跟老鼠記者一起去窺探神奇的恐龍世界！

謝利連摩·史提頓
Geronimo Stilton

現在不過是熱身而已！

我滿頭大汗，心怦怦亂跳，爪子像被太陽暴曬的斯特拉奇諾乳酪一樣綿軟，不過我不能洩氣……差一點點就到**終點**了。十米，五米，一米……太好了，我終於到了！

我一下癱倒在沙灘上。以一千塊莫澤雷勒乳酪的名義發誓：我真的是**精疲力竭**了！我睜開眼睛，卻看到探險家**連諾斯·叢林鼠**一臉不滿意的樣子。

他看了看計時秒錶，說：「謝利連摩，你這個速度太慢了，除非後面追着你跑的是烏龜！不過，我們要面對的可是兇猛的恐龍！你這樣早就被**活捉**、**生吞**，然後吃到肚子裏**消化了！**」

連諾斯·叢林鼠身邊還有我的姪子班哲文和他的好友翠兒、表弟賴皮，以及我的朋友古生物學家卡莉娜·范·化石鼠……他們全部在我前面衝過了終點線！**我也太沒面子了！**

我費力地站起身*（哎喲，哎喲，哎喲，我渾身痠痛）*，嘟囔道：「呃，要不然我們再試一次……」

「那是肯定的，**膽小鬼**！現在不過是熱身而已！」叢林鼠大聲說，「我們有的是時間，嗯，直到你的表現不再這麼糟糕為止！」

「什麼？！什麼？！」我嚷嚷道，「怎麼可能？*這才是熱身？！*天啦！」

我一點也不喜歡這個計劃，*唉！*

你們也許想問，老鼠島上最著名**報紙**（*也就是《**鼠民公報**》*）的總編輯，也就是我，謝利連摩·史提頓，穿着一身運動服，跑到一個**恐龍**出沒的島嶼的沙灘上做什麼。

親愛的老鼠朋友們，這是一個好問題！這就要從那天早晨說起。我和孩子們，以及表弟一起在公園裏。一件意想不到的事情發生了。就這樣，那一天以一個與眾不同的方式開始了。

我們在草坪上正在享受超級棒的野餐，這時……
咦，天上有奇怪的黑影！
嘿，探險特工們！
連諾斯‧叢林鼠突然出現在我們面前！

你們肯定猜不到
有什麼好事情在
等着你們！
他帶着我們完成了一項任務……
真的非常特別的任務！

就這樣，我和其他幾名**D.I.N.O.**的**探險特工**來到了流星島的沙灘！

對了，親愛的老鼠朋友們，你們知道**D.I.N.O.**是什麼意思嗎？

沒錯！**D.I.N.O.**就是自然起源調查局的名稱。這是一個致力於**研究**和保護這個神秘島嶼上那些珍貴恐龍的機構。我們，史提頓家族親友和其他幾名探險特工，正在接受集訓，準備前往……呃……具體去哪裏，我們還不知道！

以一千塊莫澤雷勒乳酪的名義發誓，我們還沒有收到任何信息，我是說，任何關於我們十分期待的**探險**之旅的具體信息！

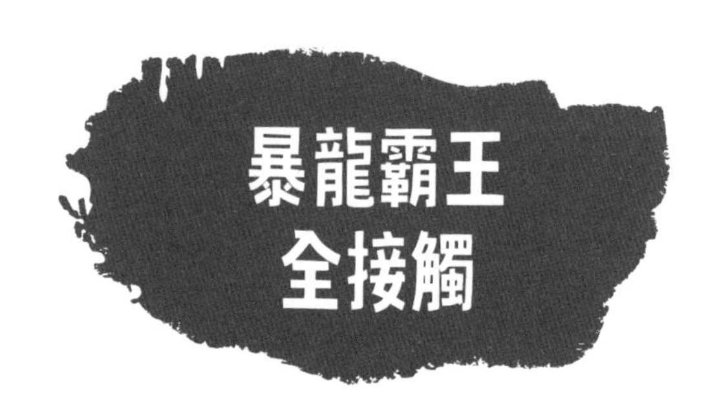

暴龍霸王全接觸

賴皮早就失去了耐心，問道：「我們為什麼要這麼急匆匆地在這裏**集合**啊？」

連諾斯·叢林鼠兩眼放光，興奮地說：「我的朋友們，真讓大家急不及待！因為今天我們將要開展一場驚險刺激的**『暴龍霸王全接觸』**活動，有趣好玩的事情在等待着我們！」

「你說什麼？！」我吱吱道。

叢林鼠滔滔不絕地**解釋**着說：「我們今天要完成三個測試……」

大家聽好了……
第一個測試是「冷靜冷血」：
你們要從一隻熟睡的暴龍身邊悄悄
溜過去，不能驚醒牠！
第二個測試是「極限偽裝」：
你們要學會偽裝自己，這樣才能在
遇到暴龍時全身而退！

第三個測試是「侏羅紀美食」：
你們要做美食，吸引暴龍幼崽的注意，
好讓卡莉娜教授的鏡頭能夠捕捉到牠。

「大家清楚了嗎？」連諾斯問道。

*咕吱吱，老實說，我是一頭霧水，什麼偽裝、侏羅紀美食，還有***暴龍**？!

幸好，我們的古生物學家卡莉娜·范·化石鼠又補充了一些信息，給我們解說：「D.I.N.O.規定每年都會舉辦一天進修培訓活動，以促進我們探險特工的**團隊精神**！所以，叢林鼠為我們組織了這次的『*暴龍霸王全接觸*』活動。這是一次絕佳的機會，可以讓我們在面對這些最著名的**史前捕獵者**時應對自如！」

「太好了！」翠兒大聲說。

「什麼時候開始？」班哲文問。

「**立刻！**」連諾斯說話總是那麼堅定，「其實……你們已經開始了！**I.R.O.C.O.D.I.N.O.**（也就是**I**ndisputable **R**egulations **O**f

Conduct & Obligations 的英文縮寫，是D.I.N.O.為我們所有成員制定的**行為守則**）的第一守則就是一名真正的探險特工必須時刻做好探險的準備！

我覺得你們兩個已經走在正確的道路上了！」

唉！他們是走在正確的道路上，而我就像一小塊軟軟的乳清乳酪一樣，一想到這次探險「**暴龍霸王全接觸**」活動是讓我們面對面接觸這些暴龍就已經嚇得不行了！

情況緊急！

我們登上大帆船（也就是D.I.N.O.總部），準備集訓活動的行囊。連諾斯．叢林鼠給我們每隻鼠分派了一本厚厚的書。他宣布：「你們爪子上拿的就是我非常珍貴的著作*《暴龍霸王全接觸》*……培訓當天，這本**手冊**會對你們有很大幫助，所以請你們務必隨身攜帶！」

賴皮戳了戳我，說：「呵呵呵！**表哥**，你可要好好讀一讀這本手冊！千萬別過早落入

那些**大蜥蜴**的爪子裏……」

「賴皮，我可要提醒你，想要完成今天的目標，大家務必要團隊合作，具默契！」卡莉娜·范·化石鼠維護我道。

我的表弟反駁道：「這個當然！偉大的賴皮知道什麼是**團隊合作**！我作為芭蕾舞教練的經歷對我幫助很大，而且……」

「以我海盜爺爺的鬍子的名義發誓，你們就別在那裏嘀嘀咕咕啦。趕緊過來！***情況緊急！***」珍妮·核物理鼠教授從大帆船的舷窗往外瞅了瞅，打斷了賴皮的話。

一眨眼，我們已經衝進她的**實驗室**。最好還是不要讓她等我們！要知道核物理鼠教授有點小個性的……

卡莉娜教授問：「什麼緊急情況？」

班哲文猜道：「難道有小恐龍不見了？」

「還是有熱帶風暴來襲？」連諾斯猜測。

我也問道：「今天的活動不是**模擬演習**，對不對？我們真的會遇到暴龍襲擊，對嗎？!」

「以我所有瓶中船的名義發誓，不是，不是，都不是！我叫你們過來另有原因！我的水沒了！」珍妮·核物理鼠教授懊惱地說着。

連諾斯向珍妮微微鞠躬，像一名騎士那樣，給她遞上自己的水瓶：「核物理鼠教授，您可以飲用我的水！」

「不是這個水！」她一臉沮喪地回應道，「我的意思是臭沼澤的水。那裏的水和*侏羅紀甘菊*一樣，是我所調配的著名的**美夢乳清**藥物成分之一！」

以一千塊莫澤雷勒乳酪的名義發誓，我知道那個乳清！那個藥品很厲害，可以直接讓恐龍睡着！

「教授，這個沒問題，我們這就去給**臭沼澤**補充水分！」我們的大探險家叢林鼠大聲回答。然後，他轉身對我們說：「朋友們，你們覺得如何？這任務不難完成，只不過稍微繞點路，對我們今天的培訓沒什麼大的影響。」

卡莉娜·范·化石鼠興奮地回答：「好主意！這樣，我們可以在島上多轉一轉，應該更容易**碰到**暴龍呢！」

「太棒了！」

班哲文和翠兒歡呼道。

我們的**探險家**臉上綻放出一個燦爛的笑容，說：「我勇敢的小伙伴們，我可以向你們保證，這次旅程的路上一定會很好玩，就像那次我穿着**飛鼠滑行裝備**從『救救我』山峯跳下來一樣好玩！」

於是，珍妮·核物理鼠教授拿了一些小玻璃瓶派發給我們，然後激動地叮囑說：「你們快出發吧！別耽誤時間了！我拜託你們，千萬別空爪而歸，好不好？」

移動氣泡

一眨眼的功夫，我們已經離開大帆船，準備迎接我們的新任務。

班哲文走到我們的大探險家連諾斯·叢林鼠身邊，問道：「我們怎麼過去？走地下**隧道**嗎？還是步行穿過叢林？」

連諾斯一臉神秘地說：「班哲文，都不是！我為你們準備了一個小小的**驚喜**……」說完，他清了清嗓子，宣布：「我勇敢

的朋友們，我之前向你們保證過，今天的培訓活動將會充滿**挑戰**，對吧？我可沒騙你們！今天的挑戰比那次我爬上焰火火山還要大，比那次我看到大深湖泊的日落還要激動鼠心，比……」

「連諾斯……」卡莉娜打斷他，「我們正在浪費時間！」

「哦哦，你說的對。話說回來，我的意思是，為了**訓練**我們建立團隊精神，這次前往目的地的方法不是走過去，而是**滾**過去！」

他一邊說，一邊向我們展示了兩個巨大的透明包裝袋。包裝袋的一邊各有一條長長的拉鍊。

我問道：「呃，連諾斯……這是什麼？這個東西怎麼**訓練**我們建立團隊精神呢？」

「我這就展示給你看看！」他回答，在我眼前揮了揮包裝袋，然後對着一個小孔吹氣，用力吹鼓着，只見包裝袋很快就充滿空氣，滿滿鼓了起來，最後變成一個巨大的圓球！

「想這個移動氣泡好好前進，我們需要做到兩點：合作與同步！」連諾斯解釋道，「我愛冒險的小伙伴們，這個東西有助於大家一開始練習團隊合作！有了移動氣泡，我們可以像閃電一樣迅速穿過叢林，完全不受障礙物或小陷阱的阻撓！而且，移動氣泡還可以在水上漂，特別適合沼澤的環境！」

孩子們又歡呼着說：「太棒了！」

然而，我卻有所保留：大家都在一個透明的球體裏面蹦躂，可不像是什麼好主意！

可是，不等我開口，連諾斯已經把第二個移動氣泡遞給了我，說：「謝利連摩小乳酪，快點，你把這個也吹起來吧！」

移動氣泡

我不情不願地拿過氣泡，把嘴湊了上去吹：

呼呼呼呼！

我用盡全力吹啊吹！我又試了一次，兩次，三次，十次，可是……移動氣泡就是小小的，並沒有一點點變大起來的跡象！

太沒面子了！我臉漲得通紅，一方面是因為用力過度，另一方面是因為我感到很**尷尬**，咕吱吱！

「嘿，讓我來吧！」賴皮說，從我的爪子裏搶過移動氣泡。

然後，他**吹噓**道：「我有告訴過你們，我曾經唱過歌劇嗎？那是需要一定的肺活量的！」

只見賴皮深吸一口氣，胸口鼓得像個熱氣球，然後……**呼！**移動氣泡一轉眼就鼓起來了！

以一千塊莫澤雷勒乳酪的名義發誓，我簡直不敢相信那是真的！他做到了，而我沒有。

真是侏羅紀的恐龍般讓鼠震撼啊！

「賴皮，幹得漂亮！」卡莉娜說，「現在，我們已經準備就緒！哎呀，還沒有……還有最後一件事情：高呼我們的口號！」

以一千塊莫澤雷勒乳酪的名義發誓，卡莉娜說的對。

每一次探險之旅開始時，我們全體探險特工都要一起呼喊我們的口號。我親愛的小乳酪球們，你們也準備好和我們一起背誦了嗎？把一隻爪子放在胸口，跟我們一起說下面這段話：

我們是好朋友。
我們永遠互助互愛，
守護秘密，
為夢想歡呼！

尾巴襲擊！

很快，我們已經兵分兩組：卡莉娜‧范‧化石鼠、班哲文和翠兒一組；我和連諾斯‧叢林鼠、賴皮一組。翠兒看着兩個氣泡問：「那我們怎麼才能把移動氣泡再吹起來呢？我們要鑽進氣泡，得先放氣才行……」

「翠兒，你說得沒錯！」連諾斯指着一個隱藏的按鈕說，「所以，我們有一個小機關——就是自動充氣裝置！」

我一臉不滿地說：「那你剛才怎麼還讓我們費那麼大力氣給它吹氣！」

「那只不過是一個小訓練！」連諾斯回答。等我們全部鑽進氣泡裏，他堅定地大聲說：「臭沼澤，我們來啦！！！」

「呃，連諾斯，可是沼澤位於島上的另外一邊呢……」卡莉娜提醒他。

我笑了。這位探險家在探索事情上都十分出色，可是他的**方向感**真的很差，如此糟糕！

連諾斯聳了聳肩，說：「哦，好像是……卡莉娜，那我們就聽你的，往左走！**前進！**」不等我們動一下鬍子的時間，我們轉眼已經四爪懸空了！

「一、二……一、二！」連諾斯接着指導着我們如何在巨大的泡泡球內保持平衡，「一隻爪子，再另一隻爪子。**大家一起來！**」我們努力保持平衡，但是真的好難。我感覺自己在一個**旋轉滾筒**裏面不停地滾呀滾，咕吱吱！

「救—命—啊—！

快—停—一下—！」

班哲文從另一個**移動氣泡**裏吱吱叫道：「啫喱叔叔，是不是很好玩？」

「我……我可能更願意走路，唉！」我抱怨道。**連諾斯**終於穩住我，幫我重新站好。我雖然站好了，但是感覺胃裏一陣翻江倒海……

真噁心！

翠兒驚歎道：「呵呵呵，謝利連摩叔叔！看看你吐出來的這些**綠油油**的東西，你還真應該去參加極限偽裝的測試呢！來，你也來看看這個吧！**就在《暴龍霸王全接觸》活動手冊的第7頁上。**」

連諾斯轉身對我笑着説：「我們年輕的探險特工説得對！想不到你會是我的模範學生呢，你是在自我偽裝，練習遇到**暴龍**時的應對辦法嗎？」

我沒有理會他，因為我正全神貫注地在移動氣泡裏保持平衡……慢慢地，我找到了竅訣，我甚至可以開始欣賞沿路的風景。周圍的自然景觀真是太美了！我甚至平生頭一次在**叢林**的層層危險中感到安心愜意。

我長舒一口氣，説：「你們知道嗎，其實，這種移動方式也挺不錯……」

尾巴襲擊！

可是，沒等我說完，我們爪下的土地突然開始**顫抖**起來，就像是一塊梵提娜布甸一樣。

「什麼……到底什麼回事？」我不安地問道。

連諾斯回答：「作為探險家，敏銳的聽覺告訴我，這是腳步的**聲音**！」

卡莉娜．范．化石鼠教授指着我們身後，確認道：「你作為探險家的聽覺沒錯。你們看，一**羣**似鳥龍正朝我們這邊過來！」

史前生物小檔案

似鳥龍 (ORNITHOMIMUS)

名稱的含義：鳥類模仿者

生活時期：白堊紀後期

體重：重達2噸

飲食：草食性

身長：約3.5米

特徵：外形像鴕鳥的恐龍，長有像雀鳥般的喙，擁有強壯的後肢，是恐龍界的奔跑好手。

尾巴襲擊！

我們轉過身，看見一羣體形巨大、長着羽毛、形似鴕鳥的恐龍正朝我們的方向奔來！

卡莉娜教授接着說：「探險特工們，大家小心！這些恐龍可是出了名奔跑速度最快的！」

「我們該怎麼辦？」班哲文大聲問。

連諾斯思考了片刻，大聲說：「遇到這種情況，我們只有一個選擇：

快跑——！」

「我同意！」賴皮吱吱叫道。

於是，我們開始加速前進，但那些**野獸**離我們越來越近！一眨眼的功夫，就把我們團團圍住……

兩隻**似鳥龍**用牠們長長的尾巴襲擊我們的移動氣泡，泡泡球開始胡亂蹦躂！

嘣……我們先一下撞到一隻似鳥龍身上！

砰……隨後，我們彈了起來，

撞到另一隻身上！

嗙……接着，我們又撞到一塊大石頭上！

最後，移動氣泡朝着前方的一條大裂縫滾過去！咕吱吱，我們……

完啦，死定啦，粉身碎骨啦！

我閉上眼睛尖叫：「救命啊！」

「謝利連摩叔叔，你叫什麼啊？你沒看見，我們已經停住了嗎？」翠兒對我說。

我小心翼翼地睜開眼，發現……

是真的，我們沒有在亂滾了！

不過，我的幸福感沒能持續很久，因為移動氣泡就**掛**在深淵上方的一小棵脆弱的灌木上，搖搖欲墜！我們下面（*很下面，很下面*），就是……

「臭沼澤！」卡莉娜驚叫。

連諾斯·叢林鼠興奮地補充道：「我膽小的朋友們，我之前怎麼說的呢？我們這次選擇的交通工具，比之前我們穿過大汪洋時坐的噴氣式飛機更加環保、便捷、快速！」

「超級探險家，現在可不是回憶往昔的好時候！」賴皮打斷他。

「好吧，好吧，」連諾斯附和道，「現在最重要的是不要做任何大動作，明白嗎？」

怎料，他剛說完，我就忍不住打了個噴嚏！

「乞嚏！」

移動氣泡開始移動，慢慢傾斜，從樹枝上滑落……

不要啊……我們在急速下墜!!!!!!

消失的水

「救命啊！」大家嚇得齊聲尖叫。

我們已經做好準備，掉進**臭沼澤**渾濁惡臭的水裏……

撲通！我們掉進一個泥濘的大水窪裏！

卡莉娜教授問我們：「**探險特工們**，大家都好嗎？」

「還好！多虧了移動氣泡！有它的保護，我們才能幸免於難，不然這樣從高處下墜將摔得粉身碎骨！」翠兒回答。

賴皮也附和道：「不過，現在這兩個泡泡球陷在泥裏**動彈不得**了！」他試着把泡泡球從淤泥裏往外拉拔起來，卻沒有成功！

相反，兩個巨大的泡泡球陷在淤泥裏，正在慢慢**往下沉**！

「大家快出去！」卡莉娜大聲說，打開氣泡上的拉鏈。

我們趕緊往外跑，不過，我們的爪子也陷進了黑臭黑臭的**淤泥**裏。那些淤泥比腐爛的乳酪殼還要臭，比丟棄的垃圾還還要**噁心**，比三角龍紀念品還要**難聞**！

我捏着鼻子問：「奇怪！這裏怎麼沒有水？」

「超級探險家，別告訴我，你又迷路啦！」賴皮轉身向叢林鼠抱怨，「沒有？那我問你，為什麼我根本看不見什麼沼澤地！我只看到**淤泥**、**淤泥**，還是**淤泥**！」

大探險家回覆道：「沒錯！奇臭無比的**淤泥**，就和臭沼澤的味道一樣！各位，我們到達目的地了！」

「這就是臭沼澤？怎麼沒有水？」翠兒問。

卡莉娜回答：「探險特工們，這裏好像發生了什麼狀況。我們得弄清楚！」

連諾斯摺疊好移動氣泡，放進背包，補充道：「I.R.O.C.O.D.I.N.O.的第七條守則就是：『面對意外狀況，探險特工必須有所行動！』

我們走！」

消失的水

我們仔細查看臭沼澤，希望找到什麼**線索**。突然，班哲文大聲說：「你們快過來看！」

我的姪子指着泥濘中的幾個巨型**爪印**。

卡莉娜教授仔細觀察，喃喃地說：「臭沼澤的位置在河牀上，通常河水會注滿臭沼澤……只是現在，連河水也乾涸了！」

然後，我們的古生物學家卡莉娜開始分析**爪印**：「嗯，四個爪印。後爪很大，像棕櫚樹的葉子一樣……」

連諾斯問：「你覺得會是**牠**？」

卡莉娜教授肯定地說：「是的！毫無疑問！就是**牠**！」

連諾斯回答：「如果真是**牠**，我們得小心了……」

我不禁好奇問：「你們說的**牠**是誰？」

卡莉娜教授回答：「牠?!牠就是嘩啦先生！這就是牠的腳印！」

「**誰?!**什麼先生？」賴皮擔心地問。

卡莉娜教授說：「**嘩啦先生**是流星島上最兇猛的棘龍。臭沼澤就是牠的棲息地！」

我的爪子嚇得像瑞克塔乳酪一樣綿軟，說：「這可真是一個好好好消息！你們為什麼叫牠……嘩啦先生？!」

「噢，只不過是因為牠碰到什麼摧毀什麼，發出『嘩啦』一聲……」卡莉娜回答，一副若無其事的樣子。

班哲文打開連諾斯的手冊，大聲讀道：「我們的手冊上說，這條**棘龍**是恐龍界中少數體形比暴龍還要龐大的恐龍呢！」

「哇啊！！！」翠兒讚歎道。

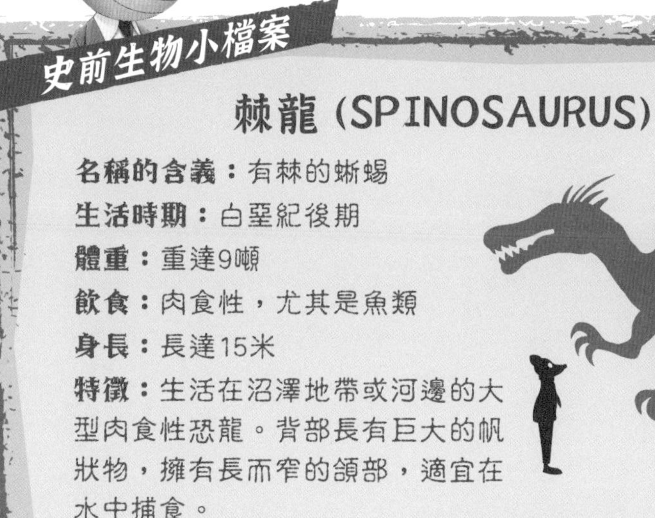

史前生物小檔案

棘龍（SPINOSAURUS）

名稱的含義：有棘的蜥蜴

生活時期：白堊紀後期

體重：重達9噸

飲食：肉食性，尤其是魚類

身長：長達15米

特徵：生活在沼澤地帶或河邊的大型肉食性恐龍。背部長有巨大的帆狀物，擁有長而窄的頜部，適宜在水中捕食。

卡莉娜教授笑着說：「是的，班哲文，讓我來告訴你更多關於棘龍的知識吧。棘龍可能是體形最大的肉食性恐龍，主要在水中生活，牠們的牙齒為筆直的圓錐形，跟現今的鱷魚很相似。牠們也可以在陸地上行走，但行動比較笨拙，需要前後爪並用。而**暴龍**則可以依靠一雙十分強壯的後肢移動！」

班哲文問：「那牠去哪兒了呢？」

古生物學家回答：「嘩啦先生是棘龍，靠吃魚類維生的**恐龍**，但這裏沒有水了。所以……」

「沒有水，就沒有食物！」翠兒總結道，「可憐的嘩啦先生！」

「沒有食物?!」我問，「那牠現在一定**超級餓**！救命啊！」

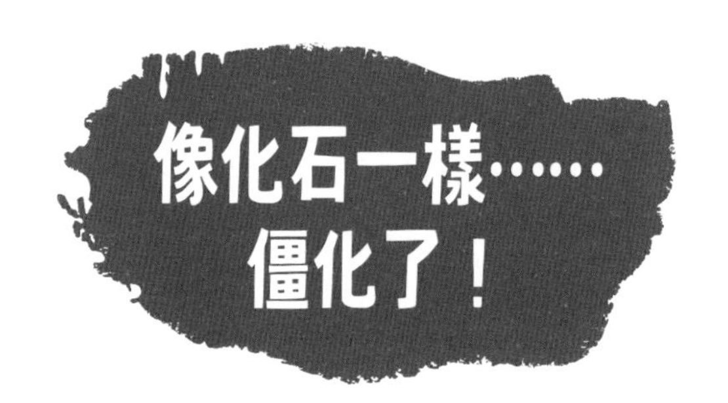

翠兒問道：「卡莉娜教授，那我們現在該怎麼辦？」

我們的朋友回答：「我們往這個方向走，沿着**河道**逆流而上，找到河水乾涸的位置！」

就這樣，我們開始逆流而上。我們的木瓜腦袋暴露於烈日之下，走路變得比平時辛苦得多。沒走幾步，淤泥已經沒過我們的腰部！

咕吱吱，我的身體都**扭曲**了，渾身上下從鬍尖到尾尖到處都是泥巴。當時的情況簡直糟糕透了！

突然，我聽到地面上傳來非常古怪的**嘎吱聲**……

「嘎吱嘎吱」

我一下子就僵在那裏了。那個聲音應該不是什麼好兆頭！

我戰戰兢兢地問：「那是什麼什……麼聲音？」

我的朋友們當時都離我有些距離，並沒有聽到我的問題。只有我的表弟賴皮跟在我身後，說：「**表哥**，你說什麼聲音?!我怎麼什麼都沒聽到啊！」

我又豎起耳朵仔細聽，那個嘎吱聲卻已經消失了！我打算繼續往前走，爪子卻動彈不得了。我身上的**淤泥**凝固了……比大石塊還要結實，比椰子殼還要硬，比鼠哈拉沙漠的沙子還要乾！

我**唉聲歎氣**地說：「賴皮，我們……唉，遇到麻煩了！」

像化石一樣……僵化了！

賴皮轉過身，說：「表哥，你是不是想休息一下？你要是累了，就直說好了！」

不過，他很快發現自己的爪子也陷在淤泥裏動彈不得。

「好吧，看來我們的確是遇到**麻煩**了！」他承認，「卡莉娜，連諾斯，小伙伴們……

救一命一啊！！！」

像化石一樣……僵化了！

小伙伴們聽到賴皮的**尖叫聲**，隨即趕到我們身邊。

他們趕到的時候，四周的**淤泥**已經完全凝固了。卡莉娜說：「糟糕……你們附近的淤泥像快乾水泥一樣凝固了！你們現在**完全被困住了！**」

唉，為什麼，為什麼，為什麼這種事情總是發生在我身上？我可不想變成一塊化石留在這裏，*咕吱吱！*

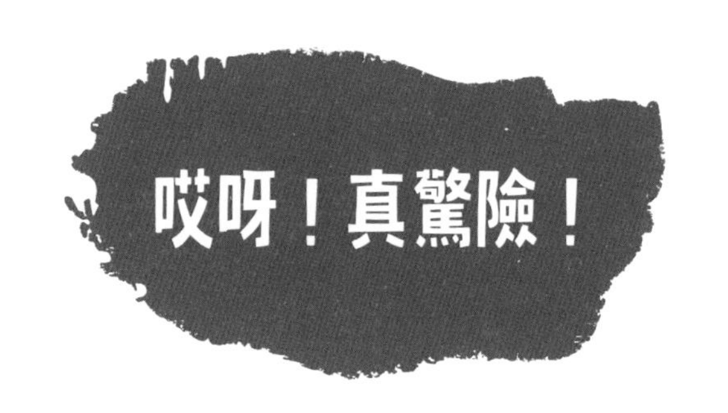

哎呀！真驚險！

大探險家連諾斯·叢林鼠笑着對我們說：「別擔心，我能量滿滿的朋友們！還記得我們的第四條守則嗎？『**探險特工哪怕身處困境，也應時刻保持冷靜！**』」

「但我真的好害怕、好擔心、好絕望啊……唉！」

「啫喱叔叔，別害怕！」班哲文拍了拍我的肩膀，說，「我們會有辦法的。」

「什麼辦法？」

就在那時，翠兒拿出*《暴龍霸王全接觸》活動***手冊**，大聲說：「兩位叔叔，別洩氣！你們幸好不是遇到了**暴龍**！雖然*你們*動彈不得，但總比被*暴龍*三下兩下吃個精光的好！你們知道嗎？他嘴裏至少有**60顆牙齒！**這裏寫了，在第23頁！」

這孩子天真的給我們「鼓勵」，真讓我嚇得渾身顫抖。

連諾斯點點頭：「的確如此，膽小鬼！沒什麼可害怕的。我們現在就拉你出來！」

班哲文和翠兒先試了試，不過我們周邊結實的淤泥紋絲不動！

卡莉娜試着用水瓶裏的水軟化淤泥，但是那麼一點水根本起不了作用！

然後，連諾斯拽住我的胳膊使勁往來拉，直到……*嘶啦！*我的上衣被他扯了布片下來，而他跌坐在地上。

「噢！」賴皮驚叫，「我有辦法了！」

哎呀！真驚險！

「什麼辦法？」我問，「還能有什麼辦法？難道把上衣脱了？」

「*哎呀*，謝利連摩叔叔！不是上衣，關鍵是褲子！快點，你試試從**淤泥**裏跳出來！」孩子們説。

「我，我，但是……該怎麼跳？」

「表哥，快照我説的做！」

於是，我攢足力氣……**噗！**

我這才恍然大悟！

我跳，不是為了跳出淤泥，而是為了跳出……

褲子！

賴皮隨後也跳了出來，露出他那條甜甜圈圖案的粉紅色**內褲**。

哎喲，我們只剩一條內褲遮着屁股，但是幸好能夠平安脫險了！

小伙伴們齊聲為我們鼓掌。連諾斯讚歎說：「各位探險特工們，這個辦法真是太聰明了！我得恭喜你們，因為你們展現了自己非常非常**天才的想法！**」

我們都點點頭……幸好，我們的背包裏裝着換洗衣物！

追蹤恐龍

我們重新整裝待發，不過卡莉娜教授、連諾斯和其他小伙伴們有了新的發現：**嘩啦先生**的爪印離河牀越來越遠，轉而朝着叢林深處去了！

後來，我們還在淤泥裏發現了其他**爪印**，用兩隻爪走路的恐龍腳爪印……啊呀！

「這可能是暴龍的爪印！」連諾斯激動地說，「**我們得跟過去！**」

咕吱吱，什……什麼？! 我一點也不喜歡這個提議！

我的表弟賴皮清了清嗓子，說：「呃……要不然我們還是**回家**吧？我可不是因為害怕……不過，現在早已經過了午餐的時間，但我們還什麼都沒吃呢……」

卡莉娜教授搖搖頭說：「賴皮，你就別做夢了！現在的情形比之前還要糟糕！」

「為什麼？」班哲文好奇問道。

我們的**朋友**解釋道：「嘩啦先生找不到水

喝，應該已經去找別的**食物**了……你們瞧，牠的腳爪印朝着靜謐曠野的方向去了！」

親愛的老鼠朋友們，我不知道你們知不知道*（如果你們不知道，就讓我來告訴你們）*，靜謐曠野是草食性恐龍的棲息地。

於是，翠兒說：「我們得阻止牠！」

連諾斯點點頭：「刻不容緩！河水乾涸的謎團可以再等一等。我們得立刻趕去靜謐曠野，保護草食性恐龍！」

「說得好！」卡莉娜教授應聲道，「應該還來得及！**嘩啦先生**雖然在水裏動作靈敏，但在陸地上行動卻緩慢一些！」

我問：「等一等！但是我們有什麼辦法阻止那隻大棘龍，如何讓牠放過草食性恐龍，而同時不讓*我們*自己變成這隻肉食性動物的**獵物**呢?!」

「我的膽小鬼朋友，別害怕！我有對付棘龍的一整套計劃。不過，這個計劃需要我們團隊協作！」我們的探險家說，「**大家跟我來！**」

為什麼，為什麼，為什麼我已經預感到我不會喜歡他的那個計劃了呢？!

沒多久，我和我的朋友們已經沿着嘩啦先生所摧毀的樹木軌跡，來到了**叢林**深處。

突然，我們聽到一連串咚咚聲。我們腳下的大地在顫抖……

我嚇得結結巴巴地問：「是是是牠麼？!」

「也許你聽到的是樹木倒地的聲音，而並不是史前恐龍的吼叫聲呢。」連諾斯安慰我。

「我我我也不知道……我目前只聽到**咚隆**

咚隆聲！」

「那就不是嘩啦先生！」他回答。

卡莉娜提議：「我想我們還是躲到那些樹上比較安全！有一羣**原巴克龍**往這邊來了！」

以一千塊莫澤雷勒乳酪的名義發誓……*誰?!*

就在那時，我們身後的灌木叢裏鑽出一**羣**拖着長長尾巴的恐龍。

史前生物小檔案

原巴克龍 (PROBACTROSAURUS)

名稱的含義：原始的巴克龍（巴克龍是另外一種與牠有親緣關係的恐龍）

生活時期：白堊紀早期

體重：1噸

飲食：草食性

身長：約6米

特徵：這種中型草食性恐龍，以四足行走移動。頭骨短，擁有狹窄的口鼻，窄長下頜，用粗鈍的牙齒進食植物，牠的長長尾巴可用作抵禦肉食性恐龍的攻勢。

咕吱吱，牠們跑得飛快，在樹木間游刃有餘地穿行。

「你們快看！」卡莉娜大聲說，眼睛裏閃爍着光芒。

「是不是很壯觀？」

「呃……是，是的……牠們看起來很優雅。」我說，「牠們不是肉食性恐龍，

對不對?!」

連諾斯·叢林鼠激動地說：「當然不是啦，膽小鬼！牠們可以**送我們一程！**」

我抗議道：「不要，不要！」

不過，卡莉娜教授說：「連諾斯，好主意！我們可以借助牠們追上嘩啦先生！」

「太棒了，簡直……如恐龍那麼棒，無與倫比！」

孩子們齊聲歡呼起來。

不等我喘口氣，我的小伙伴們已經迫不及待地**跳**到了原巴克龍的背脊上。

「謝利連摩叔叔，加油！你不會想獨自留在這裏吧？」我的表弟這樣說。他追着其他同伴，離我越來越遠遠遠。

以一千塊莫澤雷勒乳酪的名義發誓，我當然不想啦！我怎麼會想獨自留在這裏！！！

於是，我也趕緊跳到了一隻原巴克龍的背脊上：

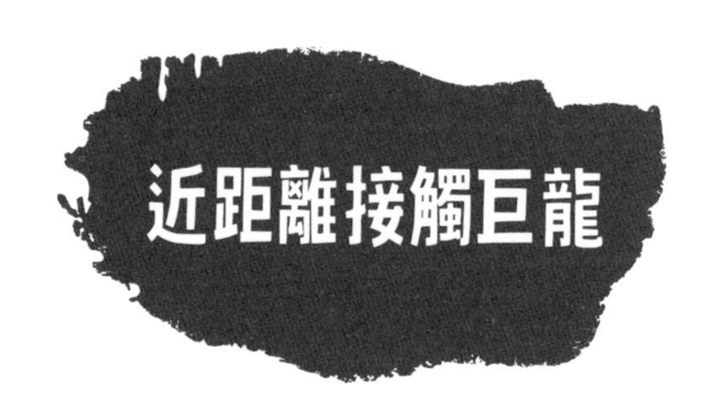

近距離接觸巨龍

我跳到一隻原巴克龍的背脊上，緊緊抱住牠的脖子。以一千塊莫澤雷勒乳酪的名義發誓，這隻恐龍跑得很快啊！！！

「慢慢慢一點！！！」我尖叫道。

「咦，啫喱叔叔！」班哲文笑着大聲說，「是不是很好玩啊？好像坐過山車一樣！」

「加油，謝利連摩叔叔！」翠兒也附和道，伸出爪子在空中揮舞。

也許孩子們是對的，但我真的不是那種喜歡坐過山車的老鼠……我已經開始**暈恐龍**了……噁！

此時，連諾斯繼續追蹤着嘩啦先生的爪印。

突然，他吹了個**口哨**，讓他的恐龍座騎停了下來。他跳下恐龍，因為嘩啦先生的爪印朝着不同於我們的史前恐龍座騎前行的方向去了……

隨後，卡莉娜教授、賴皮、班哲文和翠兒也紛紛跳了下來。他們的恐龍座騎隨後繼續朝着**地平線**的方向遠去。而我的座騎根本沒有停下來的意思，繼續不停地奔跑！

我擔心地尖叫：「嘿！快停下！！！我要下

來……」

可能是被我的聲音煩到了，我的原巴克龍突然**腳下一頓**，渾身用力一抖，把我一下甩了出去。牠倒是繼續往前跑着，而我卻像拋物線一樣從空中劃過……**砰砰砰砰砰砰砰！**

我摔倒在地上。

「啫喱叔叔，你沒事吧？」班哲文一邊問我，一邊扶着我起身。

「還好還好……」我一邊回答，一邊揉着疼痛難忍的**屁股**。

賴皮攤開爪子，大聲問：「哪裏有那隻**野獸**？哪裏有危險？哪裏……」

連諾斯・叢林鼠跑過去用爪子摀住他的嘴：「嘘……不要發出聲音！那隻棘龍很可能就在附近！」

我們悄無聲息地穿過密林，直到被一片灌木叢擋住。

我們上前探索，發現那隻我們從未見過的無比恐怖的大恐龍就在灌木叢後面！

這隻巨大的恐龍的頭部有近兩米長，長着滿嘴尖牙，還有巨型骨架……看起來像是一隻巨大、危險、恐怖的史前鱷魚！

「這就是……嘩啦先生！」卡莉娜教授小聲嘟囔道，「幸好他在這裏停留打個盹。靜謐曠野的草食性恐龍至少目前還應該安然無恙！」

「那我們該怎麼辦？有什麼計劃？」我戰戰兢兢地問道。

「我來向大家解釋。」探險家連諾斯一邊說，一邊在背包裏**翻找**，「不過，我得先找個東西！」

他從書包裏先後**翻出**一台小型吸塵器、一份尖頂峯導覽圖、一塊畫板、一個……

「找到了！」他大聲說，雙爪提着一件巨大的恐龍服飾。

卡莉娜教授說：「這是不是偽裝成**南方巨獸龍**的衣服？」

連諾斯說：「沒錯！我就知道遲早會派上用場！」

「你們要知道，南方巨獸龍是棘龍的**天敵**之一……」古生物學家卡莉娜向我們解釋起來。

我們的探險家總結道：「沒錯！我們的計劃是這樣的。我們喬裝成南方巨獸龍，吸引嘩啦先生的注意力，向牠發起**挑釁**，引牠離開，從而離靜謐曠野遠遠的！我勇敢的朋友們，這個計劃是不是很簡單明瞭?!」

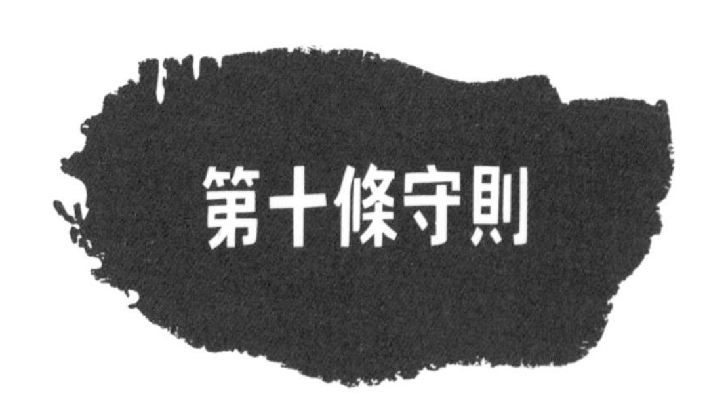

第十條守則

眼前的恐龍服飾真讓我目瞪口呆，我問：「這個計劃是我們的最好選擇嗎？」

「是的，恐怕也是我們的唯一選擇！」連諾斯·叢林鼠**若有所思**。

班哲文對我說：「啫喱叔叔，加油！你就想想那些可憐的草食性恐龍

吧！我們不能任由牠們身處險境！」

以一千塊莫澤雷勒乳酪的名義發誓，班哲文說得對！

我支支吾吾地說：「那那那好吧……」

連諾斯拍了拍我的肩膀，讚許道：「**好極了，膽小鬼！**我剛剛差點以為你要離開我們的團隊……記住我們的第十條守則：一名探險特工從不退縮！」

翠兒接着說：「謝利連摩叔叔，我們是一個**團隊！**我們絕不分開！」

「沒錯！」連諾斯說，「另外，你們看，這件偽裝服裏面剛好有六個藏鼠位置！」

「好吧！」我歎了口氣，「既然這是**拯救**草食性恐龍的唯一辦法……」

卡莉娜教授打斷我們，說：「親愛的探險特工們，大家注意，嘩啦先生好像已經休息完了，正動身往靜謐曠野的方向去呢。」

連諾斯鼓勵大家：「**加油，我勇敢的朋友們！大家各就各位！**我在前面，帶領大家一起……」

第十條守則

「呼，為什麼總是你領頭呢？」賴皮嘟囔道。然後，他轉身對卡莉娜說：「你們知道我以前在一個馬戲團工作過嗎？在下對如何喬裝瞭如指掌！這次不如由我來帶隊……」

卡莉娜想到一個好**辦法**哄他。

「賴皮，你知道的……」她溫和地說，「最後面的那個位置其實最重要，因為我們需要一隻勇敢的老鼠負責殿後……」

賴皮兩眼發光，說：「你說*勇敢*嗎？那我提議讓我的表哥謝利連摩來**勝任**這個重要的位置！」

當時，時間緊迫，我們沒有多餘的時間討論，因為嘩啦先生已經起來

前行了。

於是，我們在**偽裝服**裏面各自就位。連諾斯在最前面，後面是卡莉娜，接着是翠兒和班哲文，然後是賴皮。最後一個位置，在尾巴下面，是我，呃……我鑽進衣服的時候還費了點力氣，真不容易！

「探險特工們！**行動！**」連諾斯宣布。

他啟動了手裏的一台小遙控器，然後……**嗷嗚！**

「什麼聲音?!」我尖叫。

「放心吧，膽小鬼，這不過是我們召喚棘龍的聲音。」我的朋友咯咯笑道。

第十條守則

我們**等待**着嘩啦先生轉身朝我們的方向進發。

「可能牠沒有聽到！」翠兒猜道。

就在那時……

第十條守則

一陣**腳步聲**離我們越來越近。**棘龍**的頭很快從樹葉後面伸了出來……牠好像心情不太好！！！

巨龍相遇

嘩啦先生朝我們一步步走過來……

嘩啦！

我們周圍的大地開始顫抖……

嘩啦！嘩啦！

我的心也開始怦怦直跳！

嘩啦！嘩啦！嘩啦！

賴皮結結巴巴地說：「超級探險家，這種情況下，我們的探險特工守則有什麼指示？!」

我們的大探險家堅定地回答：「第五十條第三項守則：遇到不確定的情況，**走為上策！**」

刻不容緩，我們趕緊從巨型恐龍的偽裝服裏衝出來，飛速朝叢林深處逃跑。

嘩啦先生齜着**巨大**的**尖牙**在後面不依不饒地追趕！棘龍越逼越近，我們拚命逃生。

幸好，卡莉娜之前說得沒錯。那隻兇猛的大怪獸在水裏動作迅速靈敏，但在陸地上行動並沒那麼順暢。

幾分鐘之後，我們終於成功甩掉了牠：

嗖嗖嗖！

「水源就在不遠處了！」連諾斯對我們說，「我肯定，**嘩啦先生**一旦發現水源，就會放過我們的……」

不過，他又接着說：「哦……」

「你這是什麼意思啊？」我擔憂地問。

「意思是那裏有一棵粗大的**樹幹**……你們看，樹幹就倒在水源正下方，把水流給堵住了！」

班哲文眼前一亮，說：「原來這就是臭沼澤斷水的原因！」

「沒錯，班哲文探險特工。」卡莉娜說，「樹幹形成了一道天然**水壩**，阻斷了水流。」

我們四處觀望，想看看怎麼辦，突然……

嘩啦！

我們的腸子開始不停地震動，**轉啦轉啊轉啊轉啊轉……轉啦轉啊轉啊轉啊轉……轉啦轉啊轉啊轉啊轉……轉啦轉啊轉啊轉啊轉……**

我們的鬍子不停地顫抖。

我們的牙齒也**嚇**得不停地瑟瑟打顫。

這都是因為……嘩啦先生就在樹後面。

咕吱吱，牠終於還是找到了我們！

我們的第一反應就是趕緊逃跑！不過，那隻棘龍已經近在咫尺，我們根本來不及逃跑。

我們完蛋了！

然而，就在那一刻……

嗷嗷嗷嗷嗷嗷嗷嗷嗷嗷嗷嗷嗷！

一道轟鳴聲響徹天空，不過並不是從嘩啦先生的嘴裏發出的！呃，會是**誰**呢？！或者更確切地說……會是什麼*東西*呢？

「連……連諾斯，這又是你弄出來的聲音嗎？」我問。

他搖搖頭：「很抱歉，我的膽小鬼朋友，這次真的不是我！」

賴皮指着我們身後，說：「我想，應該是牠們。」

我們轉過身，又聽到一道震耳欲聾的**轟鳴聲**震動着我們的鬍子。

河的另外一邊有三隻巨大的**暴龍**。

而且，牠們可不是隨便什麼暴龍，而是……

「是吉迪恩、奧內拉和暴龍王子！」卡莉娜歡呼雀躍道。

我一下臉色煞白，像一塊莫澤雷勒乳酪一樣。

我驚魂不定，氣若游絲地說：「我可不想變成**恐龍的早餐！**」

「噓，別出聲，膽小鬼！」連諾斯警覺地一下把我拉到一塊岩石後頭，說，「我們先躲在這裏！」

翠兒在他旁邊翻閱*《暴龍霸王全接觸》*活動**手冊**，確定地說：「沒錯！第46頁：**如果你們遇到暴龍，第一件事情就是先找地方藏起來！**」

就在那時，那些暴龍開始在我們的眼皮底下

向棘龍發起攻擊。

牠們的爪子重重地砸在地面上：

砰！砰！砰！

牠們的鼻子掀起泥漿：

撲通！

牠們用盡全力猛烈地吼叫：

嗷嗷嗷嗷嗷嗷嗷嗷嗷嗷嗷嗷嗷嗷！

很快，嘩啦先生就被牠們打敗了！

面對吉迪恩、奧內拉和暴龍王子的攻擊，這隻巨大的棘龍最終撞在堵住河水的樹幹上……一下子就把樹幹頂了出去！

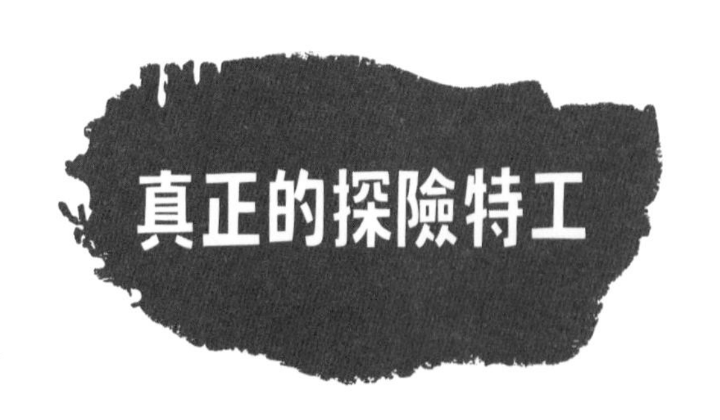

真正的探險特工

轉眼間，水流直衝而下，直接漫過了嘩啦先生。

吉迪恩、奧內拉和暴龍王子看了看水流，便轉身朝叢林深處走去。

我們躲在河邊的大岩石後面，安安全全地目睹了恐龍對決的整個過程。

「你們覺得嘩啦先生不會受傷了吧？」班哲文問。

說來也巧，就在他問的時候，河水掀起一道大波浪……

以一千塊莫澤雷勒乳酪的名義發誓，牠在那裏！我們的，呃……棘龍「朋友」又出現了！

我結結巴巴地說：「拜拜拜託，別吃我們！」

不過，嘩啦先生只不過發出了一聲虛弱的**吼聲**，便消失在水裏。

「大家都還好吧？」我有些不敢相信地問。

卡莉娜看着那隻巨大恐龍的背脊消失在水中，笑着說：「現在又有水了，我覺得**嘩啦先生**也應該對我們失去興趣了。牠終於可以回家了！」

我歎了口氣，說：「唉，我也好想回家！」

短短一天的時間，我們已經**歷險**數次。難得這一次，連諾斯居然贊同我的話，說：「我勇敢的朋友們，我們來總結一下……衝下峽谷：**完成**！陷入淤泥：**完成**！拯救草食性恐龍：**完成**！暴龍霸王全接觸，而且是三隻：**完成**！」

他看了看我們，又一一和我們用力擁抱：**「朋友們，好充實的一天！好精彩的探險！好棒的團隊！！！**這次的*『暴龍霸王全接觸』*活動雖然和我預想的有些不一樣，但這次歷險簡直太精彩了！比那次我在冰峯被困的經歷更加始料未及……」

「是的，是的……我的朋友，我們都安然無恙！不過現在，拜託，**放開我吧！**你快把我壓扁了，哎喲！」賴皮對他説。他還被我們獨一無二的超級探險家緊緊地抱在懷裏。

「我們**超級棒**，對不對？」班哲文問。

「對得起**探險特工**的名號！」我微笑着回答。

連諾斯鼓起胸膛，說：「第八條守則：『團隊同心，其利斷金！』」。

卡莉娜說：「說得好，連諾斯，不過我得提醒你們，我們的**任務**還沒有完成呢！」

什麼什麼什麼？什麼意思？

「你們忘了我們為什麼會來這裏了嗎？」我們的古生物學家朋友問，「難道不是為了給珍妮．核物理鼠教授採集臭沼澤的水嗎？」

「以一千塊莫澤雷勒乳酪的名義發誓，我完全忘了這件事了！」

於是，我們重新啟程，沿着河水行進，一直走到**臭沼澤**。

賴皮將一些小玻璃瓶放到我的手裏，說：「小表哥，我不得不承認，你今天還是挺勇敢的。所以，你值得獲得這個獎勵……這是屬於你的榮譽！」

唉，賴皮真是一點沒變！

臭沼澤的水又恢復到往常那樣奇臭無比。

我裝完所有的小瓶子，這才鬆了一口氣，因為我們終於可以回大帆船了。

我們回到D.I.N.O.總部，立刻來到珍妮的實驗室。她正在那裏焦急地等着我們。

「以我海盜爺爺的鬍子的名義發誓，你們怎麼現在才回來！」

我說：「我們遇到了一點小狀況……」

她不等我說完，就急匆匆地打斷我說：「當然，沒問題，回頭你們再給我慢慢**講**你們的歷險！現在，我們還是來說說更重要的事情：你們採集到我要的水了嗎？」

我把小玻璃瓶都遞給她。她打開一瓶，將臭沼澤的水與*侏羅紀甘菊***混合**在一起。

「呃，誰知道有沒有用……

以所有的瓶中船的名義發誓，
我得試一試！」

珍妮不等我「咕吱吱」的回覆，就把試管在我的鼻子下面晃了晃。我還沒來得及點頭，就……**瞬間倒地睡着了！**

不過，我親愛的老鼠朋友們，我可以向你們保證，在下一次的**恐龍鼠探險**中，你們會發現我又蘇醒過來了！史提頓口無戲言！

謝利連摩・史提頓！

抽絲剝繭的邏輯分析，挑戰你的偵探頭腦！

刑偵三部曲

①案件：交代案件背景

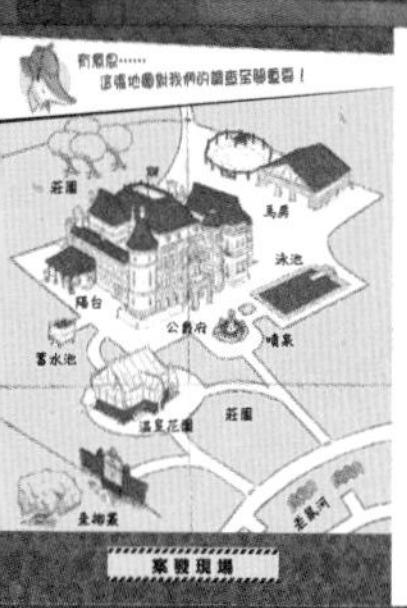

②調查：找出案件線索和證據

③結案：分析揭曉罪魁禍首

一起破解各種離奇案件！

各大書店有售！　　定價：$68/冊

親愛的鼠迷朋友，

下次再見！

謝利連摩・史提頓

Geronimo Stilton